君はもう帰ってこない

認知症になった妻へ送る片便り

河内洋輔

プロローグ

新型コロナウイルスが世界中で猛威を振るっている。

東京都でも二〇二〇年三月下旬ごろは一日あたり三十人から四十人だった感染者が、次第に百~百五十人とうなぎ上りに増え、多数の死者も出た。

四月に入り緊急事態宣言が発出されると、会社、商店も休業、営業時間短縮になり、銀座、渋谷といった繁華街でさえもゴーストタウンのように人影がまばらになった。

五月の連休には、不要不急の外出は控えるように協力をと都知事の談話もあり、国民皆が自粛生活を余儀なくされ、飛行機も新幹線も空席だらけという異様な光景がひろがった。

このままでは、経済は行き詰まり、多くの会社、特に中小零細企業の倒産が増えることだろう。

僕の会社のごとき中小零細会社では、いかんともしがたい。社員はそんな中でも毎日出社して仕事をしているが、この先の見通しは立てにくい状態にある。

悶々《もんもん》と悩んでいても仕方ないのは分かっている。それでも、外出自粛が長引き、先行きも見えない中、つい気持ちが沈みがちになる。

もう五月も終わろうとしている。

アルツハイマー型認知症と診断され、施設で暮らしている妻・幸子《さちこ》には、三カ月ほど会えていない。新型コロナウイルスの感染拡大防止のために、施設への訪問が禁じられてしまったからだ。

それでも幸子に連絡したいことがあり、施設に電話を入れてみたところ、声を聞くことはできた。電話越しに久しぶりに聞く懐かしい声。僕のことが誰なのかは理解できている様子に、少しだけ安堵《あんど》した。

しかし、まだまだこの先も面会はできそうにない。見通しの立たない状況にたまりかね、読んでも理解してもらえるかどうか分からないが、思い切って幸子に手紙を書くことにした。その時に感じたこと、思ったことなど他愛ないことを——。

手紙を書いている間、家には僕一人きりのはずなのに、幸子がずっとそばにいるような不思議な感覚にとらわれ、心が弾み、思わず長文になっている自分がいた。そして幸子が生きてきた証を鮮明に記録として残してみたいと、ふいに思い立った。

そうすれば、幸子がそばにいてくれるように感じることができて、僕の寂しさも半減するのだから。

これは、東京の下町にある町工場で、ささやかにそして懸命に生きてきた幸子と僕の記録である。

君はもう帰ってこない　目次

第2部

第3部

第4部

装幀　佐々木博則
装画・挿絵　高田美穂子
本文デザイン　伊藤香子

第1部

ある年の異変

もう、何年前になるだろうか——。

ある年の元日、ラジオ体操から帰って来ると、妻・幸子がテーブルを二つも並べて、大晦日《おおみそか》に買っておいたお寿司の大皿、おせち料理、お椀、お酒を並べ、お餅を四十個も焼いていた。

驚いて「何が始まるの」と聞くと、「今日、田舎から大勢人が来るでしょう？　少し前に電話があったの。これからお雑煮《ぞうに》を作るから、あなたも手伝ってくださ い」と言う。

その話を聞いて、さらに驚いた。

朝、ラジオ体操に行く前には、こんな会話を交わしていたからだ。

「今日は休みだからゆっくり寝ていなさい。僕はジョギングをしてから帰るから、いつもより少し遅くなるけど。天気も良いようだし、お昼に近くの神社へのお詣りと、恒例のお墓参りをして先祖に挨拶したら、昼食は外で何か食べよう」

田舎からといっても岡山だし、ついさっき電話があったばかりならこんなに早く来られるはずもない。

事前に何の連絡もなかった。少なくとも僕がラジオ体操に行く前には——。

不思議に思い、岡山の親戚の家に電話したところ、起きたばかりらしく寝ぼけた声で「ああ、おめでとう」という声が返ってきた。

お寿司の大皿、おせち料理は、近所に住む娘夫婦と孫たちがお年玉をもらいがてら夕方に遊びに来ることになっていて、その時のために買っておいたものだった。

やはり岡山からは親戚は来ないようなので、とりあえず一緒に片付けたが、不審感は残る——。多少の不安はあったものの、その時はあまり深く考えなかった。

しかしその後も、言葉に尽くせぬいろいろな予想外の出来事、初めての経験に驚くことが数々あり、一喜一憂しながら過ごしてきた。

幸子の基本は、僕に迷惑をかけないこと、邪魔にならないように心掛けることにあったようだが、そうした思いがあっても病魔には勝てなかった。

本人も悪化していることが分かるのだろう。次第に落ち込むようになり、「早くお迎えが来ないかな。亡くなったお父さん、お母さんに会いたい」としばしば言うようになった。

ただし、それも一時的なものだった。

自分のしていること、間違っていることが自覚できている間だけで、そのうちに自分が誰で、今日が何日で、ここがどこなのか、今何をしているのか、何をし

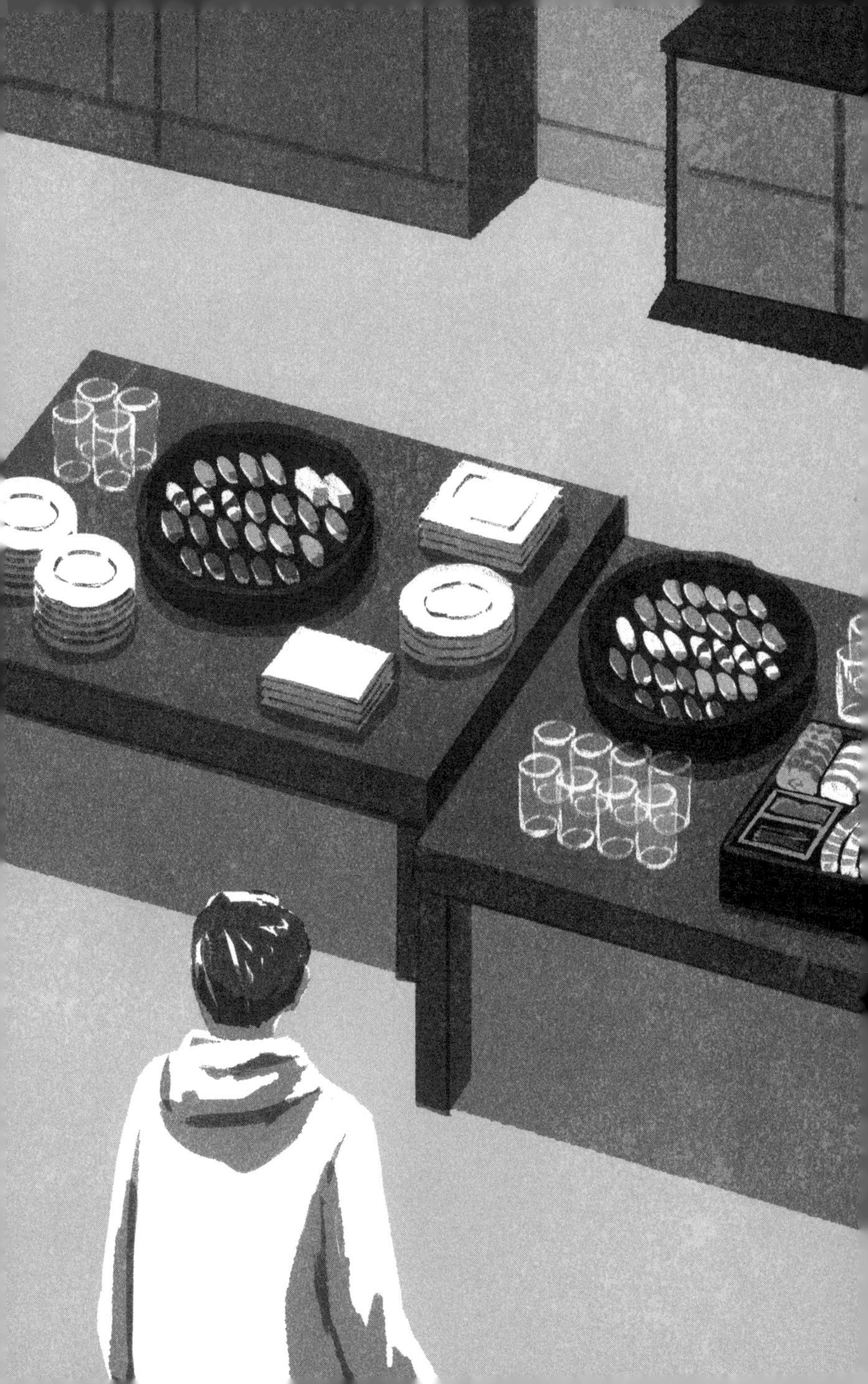

ようとしていたのかさえ混濁《こんだく》するほど、症状が進んでいったからだ。

かつての日常

古き良き時代の風情が残る東京下町。昭和の初めごろからある、いわゆる町工場が幸子と僕の職場であり、住まいでもある。

僕たちの会社の経営・維持管理は、幸子の協力によるところが大きく、経理・事務、電話交渉と一人で何役もこなしてくれていた。僕はというと、製造、新製品の開発、顧客の開拓と動き回り、二人で寝食を忘れるほど懸命に働いてきた。

扱っている主な製品は、医療用シリコーンゴムだ。

今でこそ、シリコーンゴム栓、スポイト中栓など、さまざまな製品を扱っているが、昭和四十五年ごろまでは、輸血・採血のゴム製品が唯一の商品だった。北海道から九州まで、全国の日本赤十字社に直接・間接に納入してきた。

あまりの注文の多さに製造が追いつかず、半ば配給制のように、各地域に割り当てる数をこちらが一方的に決めて納入をするくらいだった。

事態が一変したのは、売血《ばいけつ》（輸血用に血を売ること）がなくなり、献血制になった時だった。これにより、使用する部品も様変わりすることになり、僕たちの会社の部品は不要になってしまった。

たった一つの商品しか作らず、殿様商売をしていたのが突然、完全に仕事がなくなった。急激に経営難に陥るのは、誰の目にも明らかだった。

「給料を全員半額にしなければならないが、それでもついてきてくれるか」

社員たちに無謀な相談をすることとなり、当然ながらほとんどの人が辞めていった。それぞれ家族があり、生活がかかっている。やむを得ないことだったと思っている。

会社の解散、清算、身売りなど、銀行やその他にも相談したものの、区画整理で建物も建て直したばかり。借入金も多く、どれも全くうまくいかなかった。幸い機械と材料だけはあった。それならば、自分で会社を立て直そう、そのために需要のある新しい製品を作ろうと決意して、残った少数の社員と手分けして、在庫品の処分による換金、新製品の開発、取引先の開拓と、必死に働いた。努力の甲斐あって、それから四、五年すると、経営の見通しがついてきた。その後もいろいろな苦労があったが、長年にわたって幸子には頑張ってきてもらった。

手術騒動

お正月の時の騒ぎは、少し落ち着いたように見えた。しかし、それは足腰の痛みが次第にひどくなって、注意力が散漫になっていることが理由のようでもあった。

幸子も八十歳を過ぎ、以前のように無理をさせるわけにはいかない年齢になっていた。そこで、仕事から離れてもらうことにしたのだが、退職したといっても、住居と同じ建物の中に会社がある。そう簡単に本人も気持ちを切り替えることはできないだろうという心配があった。

実務は人に任せて、大局的・間接的に仕事を見るように頼み、娘の仁美《ひとみ》に経理・事務全般の仕事を任せることになった。

娘も初めての仕事なのに理解が速く、間違いも少ない。取引先からの受けも良く、頑張ってくれており、当初の心配をよそに順調にバトンタッチができたようだった。

幸子も仕事を離れ、気楽になっただろうと思ったのも束の間、そのころから腰の痛みがいっそうひどくなり、とても我慢できる状態ではないほど悪化してしまった。

近くの接骨院を数カ所回り、さらに知人から文京区に良い医者がいると聞けば車で送り迎えして数週間通院し、今度は新橋に専門の医者がいると聞けば通院しと、打てるだけの手は打ってみたが、一向に良くなる気配はない。その間、背骨の中の神経の通り道が狭くなることで激しい痛みやしびれが出てくる脊柱管狭《せきちゅうかんきょう》窄症《さくしょう》の診断がついた。

そんなある時、娘がインターネットで、青山に脊柱管狭窄症の専門の病院を見つけ出した。保険が利かない高額医療をしている病院のようだったが、今まで一生懸命に協力して働いてくれたことへの感謝の気持ちから、「治るものなら」と何回か処置をしてもらったが、結果は駄目だった。

「やはり大学病院のような大きな病院で、本格的な検査と治療をしてもらうべきなのか」

八方手を尽くした末に、港区の都立病院に紹介状を書いてもらい、連れて行くことにした。診察してくれた先生は、経験豊富な良い先生だった。

「体と病状を詳しく調べてみましょう。三、四日検査入院をしてください」

その後、日を改めて入院させたところ、結果はやはり脊柱管狭窄症だった。この病気の手術では、背中に小さな穴をあけてそこから機具を入れるという。幸子の場合は背骨の二カ所に貝のベロのようなものが巻きつき、そのうちの一カ所は完全に一周してしまっているとのことだった。

この状態では、小さな穴だけでは手術は不可能で、背骨を一回切断して後で繋ぐ大手術になるという診断結果だった。

「手術できないわけではないですが、どうしますか」

レントゲン写真を前に先生から説明を受けたが、〝背骨切断〟の言葉に怖くなった。

「先生は経験がありますか。その成功率はどのくらいなのでしょう」

そう尋ねると、八五％とのこと。残りの一五％については大量の輸血を必要とするため、感染症などの合併症を引き起こすケースがあるということだった。

先生といろいろ話し合った結果、自己血を使用すれば、成功率も高まるとの判断から、血液を保存することになった。数回にわたって通院・採血し、ようやく必要な量を確保できた。

そして手術に備えて再入院し、事前の検査を経ていよいよ明日は手術という前の日の夜、入院中の幸子から何回も僕のもとに電話があった。

「どうしても明日の手術は嫌だから、止めてほしい」

一晩に五、六回もナースステーション前の公衆電話からかけていたので、当然ながらこの話はすぐに担当の先生の耳にも入った。

「明日、早朝に病院に来てほしい」

先生からの連絡を受け、翌朝すぐにタクシーで病院に向かった。

「先生と相談して決めたことです。手術当日ですし、全ての手配は終わっているでしょう。承認の判を押した書類も提出しています。手術を決行してください」

そんな僕たち家族の願いに対し、「本人が拒否している以上、それはできない」と、即退院することになったのだった。

しかし、先延ばしにしても症状が治まるわけではない。手術をしない場合の今後の見通しを尋ねると、やがてもっと痛くなり、動けなくなる日が来るかもしれないとのことだった。

やむを得ず、大量の薬を処方してもらい、タクシーに荷物を積み込み、複雑な気持ちでその日は帰宅した。

その後、幸子は不思議なことに、「腰が痛い」「動けない」とは言わなくなった。

どうやら我慢して言わないようにしている、というわけでもなさそうだった。本当に痛い場合は、言葉でなく態度にも現れるものだろう。

そして今度は、腰ではなく足・膝が痛いと言い出した。たとえ腰が痛くなったとしても、もうあの港区の病院には二度と連れて行けないと覚悟していた。

足くらいならばと、自宅から十分くらいのところにある接骨院に連れて行くことにした。途中には大きな通りがあって、信号を渡る必要がある。たまたま青になっていても、すぐには渡らない。渡っている途中で赤になる可能性があるので必ず一回待って、二回目の青になると同時に渡る。

「一、二、一、二」

声を出して、速足で歩いているつもりでも、何回かに一度は渡り終える直前に赤に変わり、座り込んでしまって近くにいた人に助け起こされることもあった。

「あの通りを渡る時に手を繋いで歩いたことがうれしかった」

のちに、そう幸子が言っていたのを、今でもそこを通るたびに思い出す。人の幸せなんて意外と些細《ささい》なところにあるもののようだ。

補聴器事件

その後も、新橋に足腰の専門でブロック注射の上手いところがあると聞くと通わせて、町屋に良いところがあると聞くと通院……という日々を繰り返した。

半年、一年かけて都内のあちこちを回ってみたが、即効性があるわけでもなく、次第に本人も疲れてきて、今度は別の心配事が発生した。

働き者でじっとしていられない性分に加えて、自宅と仕事場が一つの建物なので、朝から晩まで何もせずに自宅でゆっくりすることができないのだ。

最初のうちは、事務所に来て使用済みのコピー用紙を切ってメモ用紙を作ったり、ゴム製品の仕上げをしたりしていたが、本人は事務の内容、商品の性質、取引先のこともよく知っているだけに、他の人の仕事のやり方に少し不満もあったようだ。

耳が遠くて電話対応には不向きになり、先方にも迷惑をかけるのでなるべく電話には出さないようにしていたが、補聴器まで用意して本人はやる気満々になっていた。しかも三万円から七万円くらいのいろいろなタイプのものを十組くらい準備している。

ところがいざ装着してみると、雑音が大きくてとても疲れてしまうという。雑音が少なく、小型で耳の中にすっぽり入る補聴器が作れるという専門店が有楽町にあると聞き、連れて行ってみた。

店に行くと、一組八十万円という値段に二の足を踏んだ。それでも本人が楽になればと、長年頑張って働いてきてくれたことへのねぎらいのつもりで注文した。

形や音の調整のために何度も通って、いろいろと手がかかる。一人では行かせられないので、毎回付き添って通い、やっと満足のいくものが完成した矢先――

片方を紛失した。

自分の耳に合わせて作って馴染んでいる分、どこで抜け落ちたのかも気がつかなかったようだ。

叱りはしたが、手の打ちようもない。困り果ててお店に相談したところ、記録は全部残してあるので、今度はもっと早くできるとのこと。値段も少しは勉強してもらえるようだ。

「今度は保険の手続きもしておきましょう。一回だけですが、紛失時に保障されます」

保険についていろいろな説明があり、再度作ったが、結局、その後も作るたびになくしてしまう。

「次になくしたら、幸子の貯金から支払うよ」とおどかしたこともあった。

ある時は、タクシーの運転手の方が自宅まで届けてくれたこともあった。僕たちが降りた後に乗ったお客さんが見つけてくれたそうだ。

「お客様の〝耳栓〟だとは思ったのですが、鎌倉の方面に向かっていたので届けるのが遅くなり申し訳ありませんでした。住所は迎車の時に伺ったのですぐに分かりました」

そう言われて非常に感激した。タクシー代として受け取ってほしいと、気持ちだけの御礼はしたが、その日はとてもうれしい一日だった。

相次ぐ〝症状〟

以前のように仕事をやらせてもらえず、事務所にいることにも飽きてくると、「少し散歩してくる」とか、「買い物をしてくる」などと言って、一人で出かけることが増えてきた。

すぐに帰って来ることもあれば、なかなか帰らないこともあり、心配して捜しに行くと、自宅とは全く違う方向を歩いていたこともあった。そんな時は、どうやら帰り道が分からなくなってしまっているようだった。

迷子札のようなものを作り、出かける時はそれを首から下げるか、買い物袋に入れるように言ったが、本人は馬鹿にされたと思って怒っていた。

しかしそうはいっても、また道に迷うのではないかと、とても心配になる。町会内のお店を一軒一軒回り、恥を忍んで迷子札を見せて回った。

「もしも一人で買い物に来てご迷惑をかけるようなことがあれば、電話をください。すぐ迎えに来ます。支払いが不足の場合は、補充しますので……」

僕は町会の役員を長年やっており、地域の皆さんとは顔馴染みだったこともあり、皆さん快く承諾してくださった。

それでも千五百円の買い物で二万円も出してしまったり、パーマ代として五万円出してしまったり、おつりは受け取っても肝心の買った品物を置いてきたり……本当にいろいろなことが起きて驚いた。

町会内のトラブルや行方不明は、すぐに解決できても、最寄り駅から電車に乗られてしまうと自力での解決は難しい。電車を乗り換えてしまえば、行先がますます分からなくなってしまう。

そうなる前に対策を考えたほうがよいと思った。

そこで、近くの交番・警察署にも事前に相談しておいた。地域の防犯部の役員として警察にはよく出入りしていたので、親切にアドバイスしていただいた。

一つの決断

幸子は夜中の二時、三時に起き出して、自分の通帳を何冊か並べたり、お金をテーブルに並べたりすることも時々あった。

どうしたのかと聞くと、昼間退屈で昼寝をしているので、夜は眠れないらしく、目が覚めるといろいろな心配事が浮かんでくるのだという。

「あなたが先に死んで、私が一人になったらどうやって生きていけばよいのか心配なので、残っているお金がいくらあるのか調べていたの」

話の内容が内容だけに、怒るに怒れず、そのようなことを考えていることに驚いた。

「大丈夫だよ。今は働いていないけれど、今まで何十年も働いてきたじゃないか。この会社も二人でつくり、育ててきたのだから。幸子が生きていくだけの蓄えはじゅうぶんにあるから何も心配はしなくていいよ」

そう言って安心させて寝かせたが、今度は僕のほうが目が冴えてしまった。

今までどちらが早く亡くなるか、その後どうなるかなど、日ごろの仕事の忙しさに紛れて考えることすらなかった。今となっては、考えておく必要性があると、反省させられた。

その後も度々、夜中に起き出すことがあるようだった。

三階は、幸子の寝室、真ん中にテレビを見たり食事したりする居間、そして僕の寝室になっている。その他、台所、風呂、トイレ、書斎兼僕の勉強部屋といった具合に、部屋が区切られており、幸子が夜中に起きて電気を点けていても分からないことがある。

時々「お金がない、通帳がない」と騒ぐことがあり、一緒に捜すとタンスの中から出てくることもあって、異変を感じるようになった。

「あなたは知らないと思うけれど、昼食の時に社員たちが大勢ここに来て、食事をしたり、夜中に窓の外から誰かが中をのぞいたりしているの」

何か幻覚を見ているようだった。

何を考え、今後どのように変わるのか不安になり、近くのかかりつけ医に相談に行くことにした。

「検査してみないとよくは分からないですが、近くに認知症専門の有名な病院があるので紹介状を書きます。相談してみてはどうでしょうか」

地図も書いてもらい、早速訪ねてみることにした。

港区の都立病院に入院したにもかかわらず手術当日に帰って来て担当の医師に大変失礼なことをしたということに今も罪悪感を抱いているのか、それともその他の原因なのか——。

原因が分からないと、治療の方針が立てられない。そこで脳のＭＲＩを撮ってもらい、もう一度来るようにと言われて再診した。


結果は、脳の海馬《かいば》の委縮《いしゅく》だった。

これは年齢を重ねれば誰にでも出てくる症状で、今の医学では防ぎようがないという。ただし、進行を遅らせる薬はできているので、当分、月に二回くらい通って、その都度状態を見ながら症状に合った薬を探すことができるだろうとのことだった。

病院のソーシャルワーカーから、今後の進行状況、対策、施設などについて説明があった。区にはいろいろと施設もあるので、一人で世話をしようと思って無理しすぎないように、という話もあった。

しかし、幸子とは今まで苦労して会社を守り、育ててきた。たったこのくらいのことで、そんな幸子のことを突き放すなどできない。できるだけ家で一緒に暮らしたいというのが僕の意向だった。

社会福祉の相談窓口である地域包括支援センターには、今後のことを考えて一応登録だけはしておくと答えてきたが、その後もいろいろと考えた。

幸子は昼間、することもなく退屈しており、昼寝をしてばかりいる。体を動かさないので、夜に眠れなくなるのかもしれない。

昼間の活動量を安全に増やす必要があると感じるようになり、デイサービスに通う手続きをすることにした。

第2部

デイサービス

担当のケアマネジャーが決まった。僕たちのためによく動いてくれて、何回も訪問して、いろいろと相談にのってくれた。そして幸子は五段階ある「要介護」のうち、「要介護3」に認定された。

これは、中程度にあたるものだが、基本的な日常生活の場面で介助が必要な状態にあるという。

足腰が弱くよく転んでいたので、手すりをつけたいと相談をしたところ、アドバイスをしてもらえた。費用もできるだけ抑えて取り付けてもらうことができた。その他にも生活動線について親身になって考えてもらい、畳の上での寝起きは体に負担がかかるので、医療用のベッドもリースで借りることにした。本人は安眠できると喜んでいた。

この際だから体に良いこと、本人の気持ちが楽になることなら、少しくらいのわがままは何でもかなえようと決めた。

昼間、僕が仕事をしていると知らない間に買い物に行ったり外出したりすることがあって心配だとケアマネジャーに相談したところ、何カ所かデイサービスを紹介してくれ、その手続きもしてくれた。

デイサービスは送り迎えをしてくれて、職員の皆さんも非常に礼儀正しくて感じがいい。

幸子も気に入り、迎えは朝九時だというのに、八時過ぎにはもう玄関に出て楽しみに待っているくらいだった。毎日お願いしたいところだが、通院やその他の用件もあって水曜日と日曜日は休みにしてもらったが、本人はそれが不満だったらしい。

幸子はデイサービスの仕組みをあまりよく理解しておらず、どこかの会社に就職したつもりでいたようだった。

「あの会社は変わっていて、おやつが出るの。お昼の食事も量が丁度いい。皆はおしゃべりばかりしていて一向に仕事を始めようとはしないのに、それを見ても誰も何も注意しないの」

そうこぼしていたので、いつも何をしているのか聞いてみた。すると「自分でやれることの手伝いよ。お茶碗を出したり、拭いたりするの」と言っていた。

「それはいいことだね。やれる範囲のお手伝いはしたほうがいいでしょう。運動にもなるし、周りの人も喜ぶでしょう。何かの役に立つことは大事だよ」

そう励ましていたのだが、月末のある日、デイサービスから帰って来るなり、「今、世の中は不景気なの？」と聞いてきた。

「会社によりいろいろだと思うけれど、うちの会社は結構忙しいよ。それがどうかしたの」と聞くと、「毎日働きに行っているのに、今月も給料が出ないみたい」と言うので驚いた。

認知症の先生からは、日ごろからこんなことを言われていた。

「反対しない。説明しない。まずは、肯定することが大切です。時間を置いてからその話に戻すとか、一度に全てを否定しないであげてください。相手の気持ちに沿って会話をするようにしてください」

だから幸子がこの話をすると、僕はいつもこう答えるようにしていた。

「そうなの？　忘れているのかもしれないね。今度、僕が代わりに行ってもらってきてあげるから心配しなくてもいいよ」

以前、自分の会社で経理・事務、給料関係、支払いなどを一人で全てやっていた時の感覚が健在なことに驚きはしたが、とにかくまずは安心させた。

そしてその月から、僕の給料の中から十万円を抜き取り、別の袋に入れて明細書を手書きして渡すことにした。

幸子は〝給料〟の使い道をいろいろと考えてはいたようだったが、食費、医療費、全ては今まで通り僕の負担なので、とりあえず使わずにそのまま引き出しに入れていたようだった。

　ところがそのうち、机、タンス、布団の間といったいろいろなところにしまっては、忘れるようになり、渡す意味も薄れてきた。金額も減らしていたが、本人は金額の多い少ないには興味はなく、「もらうこと」そして「しまうこと」に意味を見出していたようだ。

　少し前までは、布団の間から台所にあるはずのフライパンや湯呑《ゆのみ》が出てくるという不思議な現象があったが、デイサービスに通うようになってからはやや落ち着いたようだった。

　認知症の先生にもデイサービスの方にも、今後の症状の進行について聞いていたし、自分でも何冊か認知症に関する本を読んで知識も得てはいたが、その通りに進んでいった。

〝家族〟との再会

デイサービスに通うようになったころには、三十五年も前に亡くなった父親がよく幸子の夢の中に遊びに来るようになっていた。

朝起きるなり「お父さんはどこにいるの。もう帰ったの？」と聞かれて何のことか理解が追いつかないこともあった。

「遊びに来て、ゆうべ泊まったでしょう。帰るなら朝ごはんくらい食べていけばいいのに。お小遣いも渡してあげたかったのに。なぜ帰したの？」

そのような小言を言われたことも度々あった。

今のことよりも、昔々の楽しかったことの思い出のほうが新鮮によみがえることもある。夢の中だけでも楽しめればいい――。

これも本に書いてあった〝進行〟の一つかもしれない。

ただ、困ることもあった。夜中の二時半ごろに起こされた時だ。雨合羽《あまがっぱ》を着て傘を持ち、これから上野駅の「公園口」まで、姉を迎えに行くと言う。外はかなりの雨が降っていた。

幸子がそのような準備をしていたのに、僕は全く気がつかずに寝ていたらしい。出かける支度を整えている幸子に「どうしたの」と聞くと、「さっき何回も電話があったでしょう。姉さんが上野に着いたので迎えに来てほしいと連絡があったから、これから一寸行《ちょつと》ってくるね」

そう言われて慌てて引き留めた。

そのお姉さんはだいぶ前に亡くなっていたからだ。病気の見舞いにも何回も行ったし、お葬式も納骨も、その後の法事も、やれることは幸子と一緒に全てやっていた。それなのに、それらのことは全て記憶から抜け落ちてしまっていたようだ。

日ごろから「姉のところに遊びに行きたい」「一人っ子で姪の裕子《ゆうこ》の面倒を見てやらなくては」などと言い、そのたびに「お姉さんはもう亡くなっていて、いないよ」と説明しているがいつも信じない。

あまりにも頻繁《ひんぱん》に繰り返すので、やむなく姉の位牌《いはい》を我が家でも作り、お墓の写真を仏壇に供えて納得させていたのだが、その日も夢の中に現れてきたのだろう。ともかくこの時も何度も姉は亡くなっていることを伝え、迎えに行くことを諦めさせた。

相当強烈な記憶が残っているのか、それとも寂しくて肉親への情が次第に強くなってきているのか——。

「それなら明日、お墓参りに行きましょう」

簡単に言うが、お墓がある場所は福生《ふっさ》市で駅からさらにバスでグルグルと山を登ったところにある。

「明日は日曜日でもないし、行けないよ。お位牌もお墓の写真もそこに置いて、いつでも手を合わせられるようにしてあるのだから、仏壇に線香をあげていれば気持ちは通じますよ」

そう言ってどうにか納得させて寝かしつけたものの、海馬の萎縮は思いのほか早く進行しているのではないかと不安になった。今度、先生に会った時にもう少し強い薬はないのか聞いてみようと思案していた。

その後も、認知症に関する本に書いてあったような経過をたどっていき、通常では考えにくいことを思いついたり、行動に移したりしていた。

まるで神通力《じんつうりき》を得て、あの世とこの世を自在に行き来することができる境地に達したようだった。今は亡き父、母、姉とも毎日のように夢の中で会話しているように見えた。朝になるとそのことは忘れていることもあったが、とてもうれしそうな顔をしている時もあれば、悲しそうな顔をしている時もあり、大体の想像はできた。

次第に日常の行動範囲も狭くなっていき、人との会話も減って刺激が少なくなってきていた。寂しさを紛らわすために空想の世界に自分の楽しめる空間をつくったのではないかと思う。それで慰められるならと、朝の忙しい時間もその架空の話に適当にあいづちを打っていた。

薄れる今、鮮明な過去

本人はデイサービスに行くことを「お勤めに行く時間」と言って機嫌よく楽しみにしている。迎えの時間よりも早く一階の玄関まで一緒に下りて、無駄な時間と思いながらも付き合っていることも多かった。

幸子のとりとめのない空想の世界の話で一度、僕が思わず涙することがあった。

ある日の夜中の十二時ごろ、幸子の部屋から大きな話し声がするので不審に思い、誰かいるのかと部屋をのぞいてみた。すると布団は半分くらいかけてあったが、大きな声で、しかもはっきりとした言葉で、一人で話していたのだった。

幸子は一人娘の仁美が小学生になった時のことを思い出し、学校に行く時の心得を話しているようだった。教科書の読み方、先生への言葉遣い、友達との付き合い方など……学校生活の〝いろは〟を懇切丁寧《こんせつていねい》に慈愛《じあい》の言葉で四十分近くも話していた。とても寝言とは思えぬ愛情のこもった話し方だった。母親として仁美の将来を案じるような声に思わず感極まって涙がこぼれた。

最近のことはすっかり忘れていても、娘が幼かった時のことは鮮明に覚えている。子育てをしていたころの幸子の心の内を垣間見た思いがした。

恐らく二度と聞くことができないであろう内容で、テープに録音しておけばよかったと後悔している。

朝になり、本人に確認したが、大きな声ではっきりと話していたのにもかかわらず、誰と何を話したのか、そんなことがあったのかも全く覚えてはいなかった。

以前は会社の仕事を一人で何役もこなして、夕食が終わった後「一寸、下の事務所に行っております」と言い残して、仕事のやり残しを処理していたくらいの働き者だった人が、今ではデイサービスから帰って来ると、何もすることがない。耳が遠いのであまりテレビも見ず、刺激は少ない。世界がとても狭くなって、ストレスが溜まっているのかもしれない。そのやり場のない思いを、夢の中で解消しているのではないかとも思う。

危険な日常生活

幸子はお風呂が好きでよく長湯するが、それがとても恐ろしい。気持ちが良いのか途中で居眠りが始まり、湯に顔をつけることがあるからだ。

戸を開けると怒るし、出てくるまでテレビも見られないし、本も読めない。ここ一、二年、この町会内でも高齢者の風呂場での事故が多い。

気が休まらないので、デイサービスの方に相談して、風呂の回数を増やしてもらったり、自宅ではシャワーで済ませるようにしたりと、いろいろと工夫していた。

デイサービスを休みにしている水曜日と日曜日には、病院に連れて行ったり、気分転換を兼ねて休憩をはさみながら十分程度近くを散歩したりと、少しでも刺激になるように優先的に時間の都合をつけ連れ出していた。

散歩から戻ると、くたびれ果てているので、ベッドのそばに連れて行って昼寝させた。

そんなある時、仕事が終わって夕方に部屋に戻ると、台所にいろいろな調味料をたくさん並べて、涙ぐんでいたことがあった。どうしたのかと聞くと「水曜日でたまの休みなので、あなたに何かおいしい料理を食べさせたいと思ったのだけれど、どうしたらいいのか分からなくなったの」と言う。

「よし、後は引き受けた。そちらで休んでいるか、一緒に作ろう」

そう言って、適当に材料を混ぜ合わせ、味付けして誤魔化《ごまか》したこともあった。

誰かの役に立ちたいという気持ちが幸子の行動の原点になっているようだった。それなのに、やりかけては行き詰まり、何をしていたのかも分からなくなってしまうのだった。

危険を感じて、だいぶ前からガスは簡単に使用できないように加工してあるが、水道は出しっぱなしでも料金がかかるだけで大きな危険はないし、日常生活に必要なのでそのままにしてある。

それに飼っているネコが贅沢《ぜいたく》で、ちゃんと自分の容器に新鮮な水を入れてやっているのに、蛇口から手ですくって水を飲むのが好きでよく催促してくる。夜中に幸子がトイレに起きた時にもついて回っては催促するらしく、何回かに一回は蛇口を閉め忘れていることがある。

そんな時僕は「また水が出ている」と文句を言ってしまい、そのたびに反省をしていた。

「これは幸子のせいではなく、海馬――病気のせいなんだ」

分かっていてもつい、怒鳴りつけてしまったこともあった。僕としても、病気について理解したいと思っている。本でも調べてある程度の知識は得ているにもかかわらず、長年の習慣で気に入らないことがあると、つい怒っては反省する、を繰り返していた。

次第に自宅での介護が限界に近づきつつあるのは、何となく感じていた。直視するのも怖く、このくらいはと、我慢できるならば先延ばしにしたいという気持ちが強く、一日延ばしの繰り返しだった。

が、やはり決断しなければならない時は、確実に近づきつつあった。

止められない行動

休みの日の昼間、商店街のある人から電話があった。

「お宅の奥さんが、うちの店の前で転び、足を少しすりむいていたので店で休ませています。心配しないでください」

出かけたことすらも知らなかった。

急いで迎えに行ったところ、紙袋の中に果物、晩ごはんのおかずといった食べ物が一杯入っていた。どこに何しに行こうとしていたのか尋ねると、「この近くにお父さんが入院しているのでお見舞いに行くところだったの。一緒に行きますか」と言う。

「場所は」と聞くと、「この先の白い建物の六階」と平然と答える。

「病院などないよ。誰から聞いたの」

いろいろ聞くとあやふやになり、機嫌が悪くなるので、一緒に行ってみれば気が済むだろうと歩いたが、結局分からなくなり、「疲れたので帰りたい」と、家に着くなり横になっていた。

不思議なのは結構歩いたのにもかかわらず、足も腰も痛がらず、途中でタクシーに乗ることもなく無事に着いたということだ。あの港区の大病院での手術をキャンセルしたのに大丈夫なのかと心配でもあった。

「認知症で痛みを感じなくなったのかな。父親に会いたい一心で、痛みのほうがどこかに飛んでいったのかな」

そう言って娘は笑っていたが、僕のほうは夜になって足が痛いとか困らせるようなことを言い出すのではないかと心配だった。

真夜中の騒動

我が家は会社を兼ねているということもあり、一度空き巣に入られたことがある。二階の事務所や金庫が荒らされ、現金、切手、商品券などを盗られた。その時も僕たちは三階で寝ていたのに全く気づかず、朝になって大騒ぎになり、嫌な思いをした。それをきっかけに、建物全体に警備の装置をつけた。人が動くと察知し、窓を開けても警報が鳴るようになっている。

何かあると警備会社に自動的に連絡がいき、駆けつけてもらえるようになっているが、これが今までに五、六回作動したことがある。いずれも、幸子が外に出ようとしたり、誰かが呼んでいると思って、うっかり窓を開けてしまったりした時のミスだ。そのほとんどが、夜中の二時、三時で、そのたびに、本当に異常がないかを警備の方が一階から三階まで全部の部屋をくまなくチェックして、機械をセットし直してくれる。

そういうことがあった日は、駆けつけてくれた警備の方には申し訳なく、謝ったり、睡眠不足にもなったりして、困ったし、そうしたことは多々あった。

決定的だったのは、ある夜にまた警備装置のブザーが鳴り、慌てて外に出てみると、幸子が警察官六人と警備の方に取り囲まれていた時だった。

どうしたのかと聞くと、警備会社のほうに無線で連絡が入り、駆けつけるとこの女の人がドアのところにいて、何を聞いても要領を得ないので警察官を呼んだということだった。

「うちの者です。いつもは警報が鳴ると、目を覚ますのですが、今日は全く気がつかずに申し訳ありませんでした」

警備の方と警察官に謝った。

地域の防犯活動で、警察には顔見知りの方もいる。すぐに事情を分かってもら

えて、注意されることもなく解散になった。

本人に後で確認したところ、お父さんから会いたいと連絡があり、訪ねて行くつもりだったが、外に出たらどこに行ったらよいのか分からなくなったとのことで、気づけば午前三時半を過ぎていた。結局、その日も熟睡はできなかった。

夢か幻覚か――。

当人に文句も言えず、悶々として朝を迎えたが、仕事は待ってくれないのでつらい一日となった。

身に迫る〃共倒れ〃

真夜中に警察のお世話になるという騒動があって、いよいよいろいろな場面を想定して結論を出す時期に来ていることは明らかだった。

僕の両膝も数年前から痛み、水がたまるようになってきた。接骨院を数軒回って相談していたが、注射を一週間おきに七本打てば治るとか、膝にたまった水を抜いて薬を飲めば楽になるとか、いろいろ試してみたものの良くならない。

大学病院では手術して人工関節を入れて、術後にはリハビリが必要と言われた。少なくとも三週間は入院が必要で、リハビリを含めて約三カ月半はかかる。そうなれば、幸子をどこかに預ける必要がある。

その他にも僕には膀胱《ぼうこう》がんという厄介な病気もあり、その通院・治療も大がかりになるので踏み切れずにいた。

入院不要の最先端医療で、自分の細胞を培養して膝に再度注入すればそれが筋肉や骨になり、膝の痛みが治るという治療をしてくれる病院もあるようだ。保険は利かないが、入院の必要がない。細胞を採る時と、体外で培養した細胞を入れる時の二回通えばよいと、取引先の社長から体験談も聞いていた。

その社長は来社された時、これから帰りに銀座のその病院に寄り、リハビリのやり方や今後の注意点なども教えてもらってくるのだと、元気に歩いていった。その社長が足を引きずり、杖をつき、つらそうに歩く姿を知っていただけに、それならば、と僕も行くことにした。

しかしがんで手術したことがある人は、五年間は細胞の培養・注入は危険なのでできないとのこと。それなら血液の培養・注入はどうかと尋ねたら、どこかに長い時間電話で相談していたが、やってみましょうと引き受けてくれた。

ただし、危険はないが効果は薄くなり、完全とは言えないかもしれないという予防線も張られた。

その結果、完全ではなかったものの、膝に水がたまらなくなり、痛みも少しは落ち着いてきた。それでもやはり歩くのには難儀している。

本格的な人工関節の手術しか方法がないのかもしれないが、もう年でもあり、痛い思いをしたりベッドで生活したりするよりも、少し我慢して不要不急の仕事は若い社員にお願いしたほうがいいと、気持ちの上でも弱腰になりつつある。

それにまず一番に考えるのは、幸子の今後のことだ。認知症はひどくはなっても、治ることはないだろう。以前、認知症の専門医に相談した時も、このようなことを言われた。

「すでにかなり強い薬を出しているので、これ以上は強くしないほうが良いと思いますよ」

疲れて共倒れになる危険もあるので、専門の施設に入所することもそろそろ考える時期かもしれないと、ケアマネジャーとの相談を勧められた。

僕の健康が、体力がずっと続くならば、このまま何とか頑張り続けたい。しかし、僕自身の体力・気力は、日ごとに減退しているらしく一寸したことで体を動かすのも億劫《おっくう》になる。

朝四時半には目が覚めるものの、掃除は二人住まいなのであまり汚れることもないかと一日おきにしたり、掃除機をかけた日はそこまでで、雑巾がけは翌日にまわす。風呂も冬場の寒い日は汗をかかないので、一日おきにすれば洗濯の時間も浮くとか、手抜きができることはないかと、考えるようになった。

そんな自分に嫌気がさしてきているし、気持ちはあっても体を動かすのが難儀で、つい消極的な考えになってしまう。仕事の面でも以前のように問題解決のために積極的に取引先との交渉や、試作・実験をしなくなってきていることを自覚している。

このままでは、幸子の面倒が見られなくなるのも時間の問題。その前に何らかの方策を考えておかなければと、不安になっていた。

そして実行に移すことにした。

第3部

グループホーム

幸子のケアマネジャーに事情を説明して、施設の紹介を依頼した。職務上、おすすめの施設などは伝えられないが、場所と名前は教えられるとのことで、荒川区内の施設を十二カ所ほど教えていただいた。

僕は膝が痛く、また娘から車を運転することを禁止されているので、三日間にわたりタクシーで訪問して、施設の内部を見せてもらったり、説明を受けたりした。二〇一九年十一月のことだった。

だいたいはどこも同じようで、個室で過ごすのが基本。食事やお茶の時間を皆で過ごすための談話室がある。費用は月々三十五万円から四十万円。選ぶ基準としては、経営者の人柄・知識、職員の雰囲気、収容人員、目が行き届いていそうか、入所している方の表情等々……。

住まいからの距離などいろいろと勘案して二カ所を選び、申し込みの手続きをした。最初に訪ねたところは現在満室で、「空きができ次第連絡します」とのこと。予定は分からないが、半年か一年先だろうとのことだった。

次のところも満室で、「空き次第連絡します」とのことだったが、もう一度見学させてもらったらとても雰囲気が良く、責任者の方も親切そうで、「ここが一番かな」と思いながら帰宅した。

どちらにしても一日を争うほどの急ぎではなく、とりあえず待つことにした。幸子にはまだ何も話していなかったのだが、勘がいいと言うべきか、その日の夜、食事の時に「私は近いうち引っ越しするからね」と突然言い出した。

「どこに行くの？　場所は？　時期は？」

「それはまだ言えない。今、家を建てているので出来次第……」

何を根拠に言い出したのか分からないが、以前も仕事のこと、社員のことなど、見てもいないのにいろいろとアドバイスをしてきたことがあった。何日かして、僕自身も同じことに気がついたこともあり、彼女の〝霊感〟には時々はっとさせられることがあった。

今回のことも秘密にする気はないが、まだ確定しないので、話すのはもう少し先でもよいだろうと思っていた。

幸子に「新しいところに持って行く物は、何が必要か考えておいてください」と言うと、「急には準備ができないので」と言葉を濁していた。

出発の日

施設からの返事は意外にも早かった。二番目に訪ねたところから十二月の十日以降ならいつでも入れるとの連絡があり、再度訪問して十三日に入居するために正式に契約した。

入居まで一週間ほどしか余裕がなく、その日から肌着をはじめ持ち物の全てに名前を書き、準備が大変だった。間に合わないものは後で持ち込むことにして、とりあえず旅行かばんや段ボールに、詰められるものは詰めておいた。

当日は施設から車で迎えに来て、荷物も本人も一緒に運ぶとのことだった。幸子も期待と不安が入り混じったような表情で、これから何が始まるのか、理解できていない様子だったが、「とにかく行ってみましょう」と、一応の了解は得た。

ただ、僕の心配はもっと別のところにあった。

葬儀まで面倒を見てくれるのはありがたいのだが、果たして月々四十万円もの費用負担に何年間耐えられるのか、寿命と貯えのバランス等、考えなければならないことが多かった。

それでも会社を二人で育て、守ってきてくれたお礼として、できる限りの恩返しとして楽しい老後を送ってほしいという結論になり、進めることにした。

契約書をよく読んでみると、内科の医師が一週間に一度往診に来るとか、歯科医も毎週来るとか、美容師も出張して来るとか、いろいろ書いてあり、安心料も含めたものと納得した。

早速、幸子の通帳に何年分かの金額を集約して自動引き落としに対応できる準備だけはしておいた。

しかし、何日かすると病院、薬局、歯科医とそれぞれ個別に契約しなければならないことが分かり、今更後にも引けないので、それぞれと契約して銀行からの自動引き落としの手続きをした。

これから毎月、どのくらいの医療費が掛かるのか分からず心配ではあったが、保険も使えるので五万円くらいと考えて、月四十五万円の目安を立て、数年分の金額を通帳には準備しておいた。

あとは幸子と僕の寿命の問題——。

不測の事態に備えて、娘に事後処理の仕方を説明して、周囲に迷惑のかからないようにしておいた。これからの長い月日の対応には一抹《いちまつ》の不安が残るがやむを得ない。なるようになるだろう。

年号が令和に変わった年の十二月十三日。予定通り、荷物と一緒に施設に向かった。

新しい生活

三階建てで一階と二階に、各十八の個室があり、幸子は二階に入ることになった。フロアの中央には食事をしたり、皆が集まったりできるスペースがあって、間取りもいい。清潔感もある。

ちょうど入所している皆さんが集まっていたので、それぞれの方に挨拶をして、面倒を見ていただくようにお願いして回った。

施設の職員の方は、予想通り感じの良い方ばかりで、親切で知識も資格もあり、安心して預けられると確信した。ここならば、住まいからも近くて、何かあっても自転車で駆けつけられるという安心もある。

施設長にもさらにいろいろと話を聞き、いつでも面会に来てもよいとか、昼の外食に連れ出してもよいとか、規則内での注意事項も尋ねることができた。

入居したのはクリスマスが近い時期だったため、クリスマス会に招待していただき、きれいに飾りつけされた部屋でピアノの生演奏やケーキを囲み、楽しいひと時を過ごした。

そのころには幸子も仲良しの友人ができたらしく、仲間と話しコーヒーなども飲んでいた。

幸子は若いころ、歌舞伎座に勤めていたことがあり、女性ばかりの職場で過ごしていたことがある。そのあたりの呼吸、付き合い方は経験していたのだろう。ともかくいじめられず、皆と楽しく残りの人生を気楽に過ごしてくれればいい。

一安心して帰って来た。幼い子を初めて幼稚園に送る若い親御さんも、きっとこのような気持ちなのだろう。

すぐに正月が来る。皆さんはどうされるのか。昼間に一時帰宅させ、娘の家族でも呼んで寿司でもつまもうかと考えたが、施設に電話で相談したところ、あまり家に帰る人はおらず、時々近くの店で食事を一緒にする方はおられるとのことだった。

初めての元日

令和二年。幸子が家にいなくなって、初めての元日を迎えた。

幸子は足も悪く、動くにしてもタクシーを呼ばねばならない。それも億劫に思い、元日は近くの店の個室で昼食を二人でつまめばよいかと、昼前に施設に行ってみた。すると朝に出たお雑煮やご馳走、夜の食事の写真を職員の方に見せてもらい、あまりにも豪華だったので結局何も言わずに顔だけ見て帰って来た。待遇も良く、本人も満足している様子。仲間との会話も弾んでいたので僕も安心して帰ることができた。

夜は娘の家族が来て、にぎやかに盛り上がった。

孫たちは「成人式の衣装を借りる時に写真を撮ってきたので、部屋に飾るお花でも買って明日訪ねてくるね」と話していた。

今年も良い年になってほしい、そしてこの幸せがいつまでも続いてほしいと、年の初めに誰にともなく祈っていた。

僕は、基本的に毎週土曜日の二時ごろ、幸子の様子を見に行くことにしている。会社が休みなので自由な時間があるのと、内科の医師が二時ごろ往診されているので、カルテを書いておられる時にその日の様子を聞くことができるからだ。その都度安心したり、心配したりしながら、成るようにしか成らないものと割り切ることにしている。

困るのは、行くたびに幸子が「迎えに来てくれたの。一寸待っていて。今、すぐに帰りの支度をするから」と慌てるのと、僕が帰った後しばらくは職員の方に「自分も帰りたい」と何度も頼んでいるらしいということだ。

それが不憫《ふびん》で、生きている間は終身、預かってもらう契約になっているのにそれを知らせていない罪悪感に悩まされる。訪ねるたびに里心が呼び覚まされるのなら、少し訪問する回数を控えたほうがいいのかとも思うが、経験者や入所されている方のご家族に聞くと皆同じようだ。

落ち込んだり、愚痴を言ったり、ふてくされたり……人によりいろいろなタイプがあるが、皆が通る道で、早い方でも諦めるまでに半年くらいはかかるようだ。長い人では一年半経っても「帰りたい」と言っていると聞き、どうしたらよいか迷うが、僕のほうが逆に安心感を持つためにも、週に一回くらいは運動を兼ねて訪問することにした。

会えない日々

二月。横浜港に停泊している世界を巡る豪華客船の中で、新型の悪質なウイルスによる感染症が確認された。

次々と乗客が感染して船も動かなくなった。新型のウイルスだけに、薬もワクチンもなく、手の打ちようがない。ただ患者を隔離するしか方法がないらしい。

同じウイルスが原因の感染症が、世界中に、日本中に広がった。あらゆる会合がなくなり、学校も休校になり、店や会社も休業になったりした。不要不急の外出はしないようにとの指導があり、幸子を預けている施設でも面会ができなくなった。

二月の終わりから次第に警戒が厳しくなり、銀座も渋谷もゴーストタウンのように人がいない。商店も軒並みシャッターを下ろしている。いつまで続くのか分からないが、このままでは日本の経済は沈没かと一人心配をしていた。

幸いにも我が社では、若干の医療用品の製造をしているので、何とか当座の仕事はあり、営業を続けている。それでも、この状態が長く続けば、世界経済が行き詰まるのではないかと心配している。

アメリカやヨーロッパなどは、日本とは比較にならないほどの大勢の感染者が出て、何十万人もの死者が出ている。この様子では監視・規制を緩めることはとてもできそうにない。ただ我慢あるのみだ。

しかし、三月、四月と二カ月半以上、幸子に会わないでいるとやはり様子が気になり、いろいろなことを想像してしまう。

恐らく他の家族から同じような問い合わせも多かったのだろう。施設の方から写真が添えられた封書が届いた。

写真を見て感じたのは、やはり海馬は少しずつ縮小しているのだろうという危惧だった。よくテレビ等でも見かけるが、認知症が進んでくると、何となく焦点が合わない、しまりのない顔つきになってくる。何となくそれに近づいているような不安を覚えた。

刺激がなく、緊張感がないと、気が緩むのかもしれない。だからといって良い方法も思いつかない。

責任者の方に写真のお礼と、この先の心配事を書き、幸子に少しの緊張感と責任感を持たせる意味と運動を兼ねて、自分の部屋の掃除や廊下の拭き掃除、お茶碗の準備や片付け、どなたかのお手伝いを、無理のない程度にさせていただければとお願いした。

しかし、それも無理があるかもしれない。

外出禁止、面会禁止になる少し前に、歌舞伎座時代に一番の仲良しだった田中さんが、わざわざ千葉から見舞いがてら駆けつけてくれたことがあった。

久しぶりに会ったら何を話そうかと期待を持って来てくださったのだろうが、

意識が朦朧《もうろう》としてしまってそれなりの対応ができず、昔のように打てば響く感じが全くなかったとこぼしていた。誰が来てくれたのか、本当は理解できていなかったのかもしれない。これから先、このような状況が次第に増えるかもしれない。

幸い今はまだ、僕のことは分かるらしく電話に出してもらうと、早く迎えに来て家に帰らせてほしいと頼まれるので、今のうちに何度でも会って記憶を確かめておきたいのだが、このコロナが憎い。

中国の武漢で発生し、瞬く間に世界中に広がるとは、かなり強い感染力で、それに対応するワクチンが開発されない以上、一時的に下火になったとしても、完全な終息はないだろう。

面会の禁止が解けるのは、いったいいつのことだろう。

〝家族〟との別れ

　コロナ騒ぎで世間が、日本中が、世界各国が大騒ぎをしている時、我が家でも一大事が起きた。

　長年、幸子が可愛がっていたペットのネコ、河内ベルが三日ほど前から突然、足腰が立たなくなったのだ。同時に、食欲も全く失くしてしまった。

　僕は毎朝四時半に起床していたのだが、それまでは、三時半から四時ごろに必ず起こしに来た。僕の体の上を往復して、それでも起きないと大きな声でわめき、顔の上に前脚をのせる。爪は立てないものの、肉球でこするのでどうしても手で払うようになる。

　ベルが僕を起こすのは、水や牛乳を飲みたいからだ。ベルの食事場所に、水も牛乳も容器に入れておいてあるのだが、水は蛇口から冷たい新鮮なものを、牛乳は冷蔵庫でよく冷えたものを飲みたがる。しかも牛乳は二種類あり、その日によって銘柄を選んでいる。

その贅沢・わがままには「勝手にしろ」と言いたかったが、幸子が許していたのでやむなく受け継ぐかたちになっていた。

三日ほど前、ベルが立とうとすると後ろ脚が開いてしまい、前脚もけいれんして動けなくなった。その前までは歩いてはいたが、今思えば少し歩いては横になり、食事の時も座らずに、餌のお皿を手前に引き寄せて寝ころびながら食べていた記憶がある。

僕も昼間は仕事で、一日中階下にいるのでベルの日中の様子を観察できていなかったのだが、僕が風呂に入っている時、縁に前脚をのせて背伸びして中をのぞき込むような行動も最近は少なくなってきていた。

ベルに異変があったその日、朝のラジオ体操の帰りに普段はあまり気にならな

いカラスの鳴き声がとてもうるさく、胸騒ぎがしたので十時のおやつの時間に施設に電話してみた。

すると今朝、幸子が廊下でゴミを拾おうとかがんだ時、そのまま後ろに転んで後頭部を打ったとのことだった。医師を呼んで診察してもらったところだったとのこと。後で結果報告の電話をするつもりだったが、異常は認められなかったそうだ。

その話を聞いて何となく、同じ日の同じ時刻に、近くでベルが身代わりになってくれたような錯覚を覚えた。

それからのベルは一切の食事、飲み物も口にせず、鳴き声も立てずにただ横になり、呼吸でお腹を上下させるだけになった。

牛乳をすすめても、刺身を出しても、ネコが大好きなおやつの「チュルチュル」を買ってきても、一向に食べる気配は見せなかった。

水の入ったお皿を前脚で引き寄せるとこぼしてしまい、その上に体を無理してのせていたので熱でもあるのかと思い氷枕の準備もしたが、興味はないようだった。目が窪《くぼ》み、毛が抜けやすくなり、生気が全く感じられなくなった。

小さいころは暴れ者で、留守中にトイレのペーパーを全部ほどいたり、花瓶を倒したり、新聞を読んでいるとその上に飛び乗って八つ裂きにして逃げたり……要するに遊んでくれ、かまってくれの催促だ。

それも幸子と僕とでは態度が異なり、幸子に対してはいわゆるネコナデ声で甘えて餌をもらったり、体を撫でてほしい時に近寄ったりする。

僕に対してはというと、暴れたい時に近づいてきて、かまうと本気で反撃してくる。僕の両腕はベルの爪の引っ掻き傷でひどい状態で、人に聞かれた時の説明に苦労したこともあった。

そのベルが今は目の前でタオルケットやタオルを何枚も重ねた急ごしらえのベッドの上で、お腹だけを上下に動かしている。

ここ三日間は水も栄養剤もキャットフードも拒否したまま、ひたすら寝ており、背中の骨、あばら骨も浮いて痛々しい。

為す術《すべ》もなく、頭や喉の下などをさすっていたが、五月二十五日午前三時十五分、ついにお腹の上下運動が止まった。

十九年目にしての永眠だった。

もう年でもあるし、ネコにしては長生きしたほうだとは思う。

翌朝、娘の家族が来ていろいろと手配して可愛い骨壺に入れてくれた。日をみてお寺に納骨に行くことになっているが、やがて来るこの別れがつらくてたとえ金魚、メダカ、小鳥といえども、もう生き物を飼う気力はない。

このコロナ騒ぎで、面会禁止なのでベルのことも幸子には当分伏せておこうと、娘たちにも話しておいた。気分が落ち込む材料は、あまり伝達しないほうが、当人の負担も軽いだろう。

体調への不安

その他にもいろいろとあった。

僕の膀胱がんの件だ。今まで近くの専門医にかかっており、二年に一回か一年に一回の間隔で、計四回ほど手術をしている。かかりつけ医は名医で、僕は全てを任せていた。いつものように定期検診に行ったところ、二月ごろ手術したのにまた小さなものができていることが分かった。今回はあまりにも期間が短いこともあり、大きな病院で詳しくチェックしてもらったほうがいいということになり、紹介状を書いてもらって根津の日本医科大学付属病院に行くことになった。

検査だけで六月に三回、手術は七月の初めに予定が組まれた。

僕自身、病気の心配は全くしておらず、このことも幸子には知らせないほうが余計な心配をかけずに済むと思った。家に帰って留守番していたいとか言い出すと、なかなか頑固なところもあるので、全てが終わり退院してからの事後報告にしようと考えている。

幸いと言っては失礼だが、ベルもいなくなったことだし餌やウンチの後始末などを娘に頼る必要もない。手術といっても一週間以内には退院できるし、別荘にでも行くつもりで気楽に静養してくるつもりだ。

コロナ禍での希望

大変なことばかりの中にもいいこともあった。

二月に長年勤めていた事務員が体調を崩して退社してから、補充した事務員も続かず心配していたが、娘が頑張りだし今は一人で二人前、三人前の仕事をしてくれていることだ。

トラブルもなく、事務・営業が進行し、娘の連れ合いの赤塚弘美《ひろみ》さんは営業・対外交渉・内部の管理など、一切の仕事や雑用も引き受けてくれてほとんど僕が手出し・管理することなく全てが順調に回転している。

仕事に関する心配事は解消されたが、それだけに二人に体調不良などの異変が出れば、会社の命取りになる危険は大きい。それでもとりあえずは何とか仕事も順調に回転しており感謝に堪《た》えない。

そこで僕は代表取締役を降り、代表権のない一社員となり、給料も三分の一に減額して代わりに二人を代表取締役に登記した。今後は二人で相談して、全てのかじ取りをしてもらうつもりでいる。

あれから見守っていても、対外交渉、見積、社内管理、全てに対してよく動き、各取引先からの受けも良いようだ。最近では「赤塚社長」と名指しで電話もかかってきており、僕の出番はほとんどなくなってきた。理想的な進行で、やっと肩の荷を下ろせそうだ。

これが最近での一番の喜びだ。

世間は、コロナ騒ぎで景気も落ち込みつつあるが、僕の最初の経営方針で、二社、三社の大きな取引先より、小口のしかも多角的な商品を扱う製造納品ができるように意識的に展開してきた。いわゆる少量多品種の製造は現場に負担がかかる。取引先も一時は三百社近くに膨らみ、事務の量も多くて大変であった。けれどもこれにより、不況で一社、二社が倒産しても致命的な打撃は受けず、連鎖倒産することもなく生き延びることができる。ここにきて社員を休ませることもなく営業ができているのはそうした努力があったからこそだと思う。

大口取引なら売上伝票を二、三枚書けば済むものを、二十枚、四十枚も書かなければならず、時間がかかるのでその方面の機械化、処理方法もいろいろと工夫する必要がある。

若い人たちは機械には明るいので、何とかチャレジしているようだ。

ともかく営業の基礎はできているので、それを維持・発展させてあまり欲を出さず堅実に取り組めば、心配することもないと思う。これが一番の収穫であったと思っている。

もう僕も八十二歳。体力的にも限界が近い。免許はあっても車に乗ることを娘から禁止され、駅の階段が苦痛で外出も控えている。

電話とファクス、メールでの仕事に限定している。

施設の訪問・面会も禁止されて三カ月になる。いつも頭の片隅にあるのは幸子のことで、今、どうしているのか不安だ。

コロナのことを聞いていても、あまり理解はしていないだろうし、三カ月も会いに行っていないので、完全に見放されたと思っているのかもしれない。何日か前に声だけでも聞きたいからと、施設に電話したら、耳が遠くて話がかみ合わなかった。

「もう体の悪いところは治って、どこも痛いところはないので、いつでも帰れるから早めに迎えに来て」
そう涙声で頼まれて返事に困ったこともあり、またまた罪悪感に悩まされた。

面会再開

幸子が入所したのは、二〇一九年十二月の寒い時期だった。それから半年近くが経ち、かなり暑くなってきた。冬物の着替えは多く持参したが、夏物はあまり持って行っていなかったのが気がかりだった。

施設に電話をして、夏物の準備をしたので訪問してもよいかと確認したら、新型コロナの関係で、まだ会うことはできず、建物の中にも入れないという。ただ、玄関で荷物の受け渡しだけならできるとのことだったので、土曜日に持参した。

本当に入り口で職員に渡しただけだったが、今後の見通しを聞いたところ、六月より予約制で一日二組のみ、一回に三十分間、会えることになったという。早速その場で予約表を確認してもらうと、次の日の日曜日の午後が空いていたので予約をし、久しぶりに面会することができた。

三カ月は会っておらず、もう忘れているかと思っていたが、僕の顔は覚えていた。もしかすると、職員の方から事前にアドバイスがあったのかもしれないが……。

玄関脇の小さな面会室で三十分間だけいろいろと話ができたが、ともかくよくしゃべり、同じ話の繰り返しで内容的にはあまり意味はなかった。食事はちゃんとしているか、夜はちゃんと寝ているか、暑くはないか、冷房はあまり使うなとか注意事項の繰り返しだった。

それでも僕にとっては、短い時間でも顔を見て話ができただけでじゅうぶんだった。施設の方が送ってくれた写真に写っている姿が気がかりだったからだ。

緊張感のない焦点の定まらない視線で、いつかテレビで見た認知症の方の顔つきに似てきたことを、内心とても不安に思っていた。

しかし、この日、会うことができて安心することができた。

顔つきは入所前の普通の状態に戻っており、話す内容は同じことの繰り返しだが声に力もあって健康そうだ。面会の終了時間がきて、僕が帰る時も、「一緒に帰りたい」とは言わず、「また会いに来てください」と爽やかな態度だった。

六カ月の間に施設や仲間にも慣れたのだろうと、そのことにも安心することができた。

しかし、何日か前に、廊下でゴミを拾おうとして、そのまま後ろに転んで後頭部を打っている。特に異常は認められなかったと聞いているが、そういう僕も現在、足というか両膝が痛み、杖とすっかり仲良しになってしまった。杖がないと歩けないという状況はよく分かる。

年をとると、体力、筋力、反射神経など全てが衰えてしまう。これは、誰もが避けては通れない道なのだろう。

　とにかくその日は元気な姿を見ることができて、久しぶりに心が軽くなったような、気分の良い一日になった。むしろ、僕よりもとても元気そうに見えたので、僕よりも長生きするのではないかと感じたくらいだ。

　しかし、それはそれで、事前にいろいろと対応策、準備をしておかなければ。僕がいなくなったら、一人娘の負担が大きくなると、悩みも増えた。ただ、僕自身がどのようにしたらよいのか対策がすぐには思いつかない。

　面会の際に、施設の職員の方から夏用のパジャマがもう少し欲しいと言われたのでお店に注文して、届き次第持参するつもりで次回の面会の予約をしたら、今回も意外と早く決まり、また会うことができた。

「最近、よく会うようになったね。もうどこも悪いところはないので、帰ろうと思えばすぐにも支度はできるからね」

　幸子はそう言って喜んでいたが、実は僕のほうが六月に三回も日本医科大学付属病院に膀胱がんの診察に行くことになっていて、七月には一週間ほど手術で入院することが決まっていた。

その前に施設で必要とするものは届けておきたいし、新型コロナで三カ月も会えなかったので、その分の埋め合わせをできる限りしておきたかった。里心が起こらない程度、顔も忘れない程度に、時間の調整をして面会したいと思っている。

一抹の不安

六月二十三日に施設の方から電話があった。施設に往診してくれている歯科医によると、舌に腫れがあり、前から注意していたが少し大きくなっているという。専門の大学病院に診察に行くようにとのことだった。

仕事があるのですぐには動けないが、放っておくわけにもいかない。なんとか都合をつけて、翌日、タクシーで迎えに行った。東京歯科大学水道橋病院という初めてのところで心配だったが、タクシーの運転手さんが調べてくれた。

驚いたのは、施設から幸子が車椅子で出てきたことだった。少し前に面会した時は、フラフラしながらも自分の足で歩いていたのに……。その変わりようは、理解できなかった。

幸子は「年を取ってから歩けなくなると困る、老化は足からくる」と言ってハイキングサークルに入り、近郷の山に行く月一回のイベントに欠かさず参加していた。朝も家の近くを一回りしたり、雨の日は一階から三階まで何往復もしたりして、息を弾ませていた。

京都が好きだったので、季節の良い時には毎月のように名所旧跡を訪ねていた。事前に新幹線の予約を取ると雨の日でも行かなければならなくなるので、当日の朝、天気が良ければ実行するという方針だった。夕食の準備をして、日帰りで夜には家に帰るという強行スケジュールだ。

僕も何度か誘われたが、ある時は鞍馬山を歩き回り、有名な川床で食事してすぐに帰り支度というハードスケジュールだったので、「一泊するなら付き合うけど、日帰りは遠慮する。僕は海釣りの予定で立て込んでいるので」と二度と一緒には行かなかった。

それ程までに足腰を鍛えて用心していた幸子が、車椅子を施設の方に押してもらって現れたのには、自分の目を疑うばかりだった。

しかし、現実は受け入れなくてはならない。

施設の方に手伝ってもらってタクシーに乗り込んで出発したものの、もし、入院・手術となれば幸子の入院か、七月二日に決まっている僕の入院のどちらかをキャンセル・日延べの交渉もしなければならない。

家族が少なく、娘を連れ出すわけにもいかない。結局は、急を要するほうを優

先して、僕のほうをずらしてもらうしかないかと、いろいろと悩んでいると病院に着いた。

そこでも車椅子を借りて移動し、時間はかかったが診察を受けることができた。結果は、神様・仏様がこの世におられるのか、全く心配することはなく、このままでいいということだった。さらに変わったことが現れたら、相談すればよく、今のところ通院の必要もないとのことだった。

胸を撫でおろし、帰宅後に診察券を神棚に置いてお礼を言った。

不思議な現象

最近、不思議な現象がある。自分自身を再確認する必要があると思い始めた。

会社の三階に一人で寝起きして、夜は誰も訪ねて来ないのだが、寝る前にそろえておいたはずのスリッパが反対向きに置かれていたり、ベルが亡くなって二日目に処分したはずの餌が四・五粒、ベルが食事していた冷蔵庫の前に転がっていたりする。掃除機をかけてきれいにした翌日また同じ場所に餌が落ちていたり、読みかけの本が移動していることもある。

もう家にペットフードはないし、夜は警備のシステムをセットするので、室内で何かが動いた場合は警報器が作動するはずだ。警報装置にも何も異常はなく、被害はないが気持ちが悪く、誰にも話せない。

僕自身に認知症・妄想の症状が現れつつあるのかと不安になり、この対策は一人では無理かなと、少し様子を見ることにした。

まだまだ準備したり、整理したり、いろいろとやっておかなければならないことがたくさんある。頭で分かっていても体が動かないというジレンマが最近多くて、少し変調をきたしているのかもしれない。

痛みが薄める恐怖

このごろ、死についていろいろと考えることが多くなった。死そのものへの恐怖は少しもない。その前に体のあちこちが消耗して、部品交換、オーバーホールを要求されているような気分になる。膝の痛みも長く続き、これに手をつけると三カ月半くらい休まなければならなくなる。

幸子が家にいた時には、それほどの長い期間休むことは考えられなかった。現在は幸子のことは施設で面倒を見てもらっているので、問題はない。仕事のほうも娘夫婦が思いのほかよく気がつき、日常の仕事全般をつつがなくこなして会社の業務もうまく回転している。

残るは僕のこの膀胱がん。

月に二回診察に行き、年に一回か二年に一回は手術のお世話になるサイクルのようだ。これを何回か繰り返しながら次第に冥途《めいど》に近づくという、体の作戦なのだろうか。体のいろいろな部品を痛めつけ、全身の倦怠感、無気力感、消極的な考え・行動、全てに対しての諦め感と、時々突然襲ってくる足腰の痛み……。

まるで三途の川からの誘惑をそれとなく植え付けて、死を身近なものにするように、体があらゆる機会を利用して教えているようだ。

もう年も年なので、膝の手術を受けるのは無理のような気もしている。ただ、まだ歩けないわけではないので、様子を見るしかないだろう。

いずれにしても体の痛みによって気分の浮き沈みが大きくなるにしたがい、死そのものへの恐怖は軽くなってくる。いつ突然訪れても受け入れられるが、残った人になるべく迷惑はかけたくないので、そちらの処理・準備が整うまで、天国からのお迎えは少し待ってほしい。

退院後に聞いた声

約一週間、日本医科大学付属病院に入院し、七月十一日に退院してきた。留守中、娘夫婦が会社の仕事はつつがなくこなしていたようで、何の心配もなく適正に処理されていた。

幸子のほうはいずれにしてもコロナ旋風で面会禁止が続き、僕が家にいてもいなくても会うことはできない。それでも入院中も常に幸子のことが頭の片隅にあった。何か急変があっても僕は身動きがとれないから、平穏であることのみを祈っていた。

退院早々に、施設に電話を入れてみた。施設には僕の入院のことは知らせていなかったので、担当の方はのんびりとした様子で「異常はないですよ。元気に過ごしていますよ」と答えてくれて、そののんびりとした口調に安心することができた。

「電話で声だけなら聞くことができますので少し待ってください」

そう言って電話を代わってくれたが、幸子自身の言葉としての会話は成立せず、ただ声だけは元気そうに聞こえたので、それだけで満足して電話は切った。

恐らく車椅子に座り、認知症もかなり進み、自分の置かれている環境もしっかりと把握できなくなってきているのかもしれない。その代わり、以前のように「迎えに来たのか」とか、「家に帰りたい」とかの言葉もなくなり、少し気は楽になったが寂しくもある。

僕自身一週間の入院中、ベッドの上で拘束されていただけで足腰が弱り、思うように歩けなくなっていたので、日進月歩の逆で体も時間とともに退化するのではないかと不安になる。しかしそれが老老介護の現実と受け入れざるを得ない。

ただ、最後の場面でどちらが先にいつ、どのような場面で、どこで倒れるか予想はしにくい。できるだけ他人にも、身内にも、迷惑をかけずに静かに幕を下ろしたいとは願っているのだが、想像することは全くできそうにもない。

願わくは、幸子を見送った後に僕という順番のほうが、娘たちや周囲の方たちに迷惑をかける度合いも少ないのではないかと考えているが、結局は成るようにしか成らないという結論になる。

生き物の寿命は、予想がつかない。

しかし、今日は会話にはならなくとも幸子の声を聞いただけで、何となく心が温まったように感じた一日であった。

わずかな希望

区役所より新しい後期高齢者の保険証が届いた。古いものは七月いっぱいで使えなくなるので交換するようにとの連絡があり、それを持って施設に行く必要が生じた。ついでに面会の予約を取り、七月末の小雨が降る中、施設を訪問してきた。

玄関脇の小さな面会室で幸子に会ってきたが、驚くほど別人のように元気であった。

車椅子の姿で現れるものと思っていたが、杖もなく歩いて、職員の方に手を引かれて、入ってくるなり「あらお父さん、どうしてここにいるの？」と元気な声で、こちらのほうが驚かされた。

面会のことは事前に知らされていなかったらしくとても喜んでいたが、顔つきも以前のようなしまりのないものではなく、健康そのものでとても安心した。

声も小さな声でなく、普通の会話ができる声だった。

ただ、元気か、食事はしているかとか、夜はよく寝られるのか、会社のみんなは元気なのかとか、仕事はあるのか、忙しいのか、などの繰り返しで答えてもまた同じことの繰り返しになってしまう。

施設にいても心は我が家族、会社のことを気にしていることを知って、何となく涙するものがあった。

離れていても、これが夫婦というものなのかもしれない。


幸子が元気に会社の事務・経理をこなしていたころ、資金繰りが厳しくなって、僕が銀行の借り入れ手続きを進めようとすると反対されたことがあった。

「借りたものは返さなくてはならないので、何とかしてこの場を切り抜けましょう」

そう言う幸子に対し、僕が銀行との付き合いとして、時には借り入れも必要だと提案したが、頑固に何とか工夫して切り抜けたこともあった。

幸子が経理を担当している間、ほとんど無借金で自己資金のみで経営していた。そのようなことが今でも頭の隅にあるのか、仕事の流れ、借り入れはあるのかと、認知症の人の質問とは思えないようなこともつぶやき、ますます驚かされた。

しかしすぐに話題が変わり、お腹は空いていないのか、これからどこか仕事の打ち合わせに行くのかとか、もう体の悪いところはすっかり治っているのにまだ家には帰ってはいけないのかなどと言い始める。

この施設は終身、世話をしてもらえるところなので、正式には退所ができない。それでも本人の希望、努力も無視できず、何となくうやむやにしている。非常に心苦しいが、本人も周りの人の様子から何となく退所は無理だとは感じているようで、我慢しているところがさらに心苦しい。

新型コロナの騒ぎが一段落して、面会・外出がある程度緩和されたら、施設の方と相談して一時間か二時間、自宅に連れ帰って娘夫婦や孫たちと、簡単な食事でもしたいと考えたが、先のことだし連れ帰った時、「もう行かない」と駄々をこねられると、大人だけに力ずくになりかねない。再考する必要がありそうだ。

今日のような体力、思考力、会話、理解力ならば問題はなさそうなので、施設側と相談できそうだが、新型コロナの感染者数はこのところ、東京都だけでも毎日二百人から三百人と増えている。とても安心して家に迎え入れられるような状況になく、時期を待つしかなさそうだ。とても残念だがやむを得ない。


先月の様子とはすっかり変わり、正常に戻ったのかなと錯覚するほどの会話ができた。顔色も良く、以前と感じが違うので何か良いこと、楽しいことがあったのか聞いてみた。

すると、昨夜、自分のお父さん、お姉さんと家族で食事会をしたので楽しかった。お父さんは姉が何か言ってもそちらを向かず、私にばかり話しかけてくるので姉が怒っていたとか、もう何十年も前に亡くなった人たちと夢の中で再会したらしい。特に自分が父に可愛がられ、話題の中心にいたことがとてもうれしかったようだ。

施設の中、限られた人との毎日代わり映えしない会話、そして刺激のない環境で、変化の少ない生活でも人間はいろいろと想像・空想して知らない間に元気をもらえる能力を兼ね備えていることを知らされた。

この様子を見る限りでは、僕より何年も長生きできるかもしれない。それはそれで何らかの対策を立てて、後の面倒を引き継ぐ娘たちの負担が重くならないように準備しておかなければといろいろ考えさせられた。

顔つきが元に戻り、一応の会話が成立したことに非常に満足感を得て帰ることができた。

コロナのこともあり、次はいつ訪ねて行かれるか……。僕にも日医大でのチェック日が課せられており、その結果にもよるがこのままの笑顔が続いてくれることを願いつつ、この日は早めに就寝した。

第4部

消せない〝日常〟

この章は書きたくないというより、書くのがつらい。

幸子は、終焉《しゅうえん》まで預かりの契約になっているので、生あるうちは帰って来られない。本人はますます元気で、やがては家に帰れると思っているようだ。

今も体に悪いところは特にないので早く帰れるように手続きをしてほしいと、面会に行くたびに要求してくるので返事に困っている。

以前、別の件で大変苦労したことがあり、もし一時帰宅させたとしても施設に帰るのを嫌がられた時に力ずくで車に乗せて送り届ける自信がない。そのような可哀想なことはもう二度としたくない。

今でも幸子の部屋は、出て行った時のままになっている。リースで借りていた

電動ベッドだけは返品したが、その他のものは全て〝あの日〟のままで、動かしてはいない。

デイサービスに通っていた時の手提げ袋には、その当時の連絡帳も手作りのカレンダーも入ったままになっている。下駄箱には新しいものから使っていたものまで幸子の靴が全て当時のまま保管してあり、スリッパも玄関にそろえておいてある。本箱、肌着、着物、毛皮の外套《がいとう》……何故こんなに必要なのかと思うほどたくさんそろっているが、仕事に追われていたのでほとんど袖を通していない。

上着はタンスに、寝具は押し入れにそのままの状態で保管されている。いつ帰って来ても、すぐに元の生活が復活できるようになっている。

以前は時間のある時に少しずつでも僕自身で片付け、整理するつもりでいたが、手を付けると本当に帰って来なくなることが確定してしまうようで、思い出がなくなるようで寂しくなる。

どうしても整理する気になれず、一日延ばしで今日に至っているが、恐らく今後も手を出すことはないだろう。これはいよいよという時に娘の仁美と二人の孫、そして弘美さんに依頼するしかないかなと考えている。

その代わり、施設に入所する前にタンス、布団の間、机や本の間など、幸子が無作為に隠していたお金が出てきたら、「ババから孫へのお小遣いとして、もらってもいいよ」という条件でもつけておけば、片付けにも少しは張り合いが出ることだろう。

体力の衰えもあるが、僕にはそれ以前に気力が湧いてこず、幸子の思い出を消すことはできそうにない。

受話器からの明るい声

八月になった。

新型コロナの感染者が東京都で四百人くらい出ていてどうなるか分からないが、会社がお盆休みに入るので施設に連絡して、面会が可能なら様子を見に行ってみたい。

離れて暮らす今でも心の支えとして頑張ってくれている幸子――。最後まで希望を持たせておきたい。

ただ最近、とみに僕の体力が弱まってきており、僕のほうが先になった場合、どうなるのかがとても気になる。

僕が八十二歳、幸子が八十五歳の三歳違いだが、ここ一、二年、僕自身の老化の進み具合も気になる。

たとえば記憶力の低下、行動力の衰退、全てが負の方向を示しており、頭で考え、思いついても実行が伴わない。社員に指示するつもりでいても、何となく気後れしてタイミングを逸することも多く、全てがマイナス思考になっている。

それに比べて幸子は、前回面会した時も顔色が良く、一人でよくしゃべっていた。あの調子ならきっと、僕よりもはるかに長生きをすることは可能だろう。

それは僕の願いでもある――。

施設に予約の電話をしてみたところ、新型コロナの感染者が都内で急増しており、当分、施設での面会は取りやめるとのことだった。電話でならと取り次いでくれたところ、ちょうど二階の談話室で仲間とお茶の時間だったようだ。

受話器の向こうから、女子中学生の集まりのようににぎやかな声が聞こえてくる。「どなたですか」という声に、施設の職員が「ご主人よ」と説明。周りの人たちがからかっている様子だった。とても和やかで元気もあり、完全に皆に溶け込んで楽しそうだったので安心した。

いつまでも明るく、楽しく過ごしてほしいと願いながら電話を切ったが、こちらまで明るい気持ちになった。

日常に探す面影

十一月になってこの記録も、幾度となくもう書くことを止めようと思った。しかしどうも心が落ち着かない。

仕事が終わり、暗い部屋に帰って来ても夏はただ暑く、冬は寒く寂しく、ベルの出迎えもなくなった今、何となく空虚な毎日を過ごしている。

幸子の存在がいかに大きかったかが身にしみて分かる。

そばにいる時は空気か水のように、それでいて何か話せば返事が返ってきた。日常の些細な連絡事項のみの会話であったが、それでも心を癒やされていたのかもしれない。誰とも話すこともなくただテレビを見て、新聞を読み、食事の支度をして、一人ぼんやりするのにも飽きてきた。

コロナのせいで面会禁止は長引いている。

それでも「あそこにいる」と思うだけで、毎日「今は何をしているのかな」とか、二人で街を散歩していたところを通るたび、「ここではこんな会話をしていた」とか、途中で足が痛くなってタクシーを呼んだことなどを思い出し、あたかもそばにいるがごとくに感じる。

今の日常がはっきりと終息した後にはどんなことを感じるのか。とても不安になる。

自分の人生にもはや未練もなく、いつお迎えが来てもよい。できることなら娘たちに迷惑をかけないように、幸子を送り出してからと考えていた。ところが、敬老の日を前にして、現在百歳以上の人は八万人で、そのうち女性が七万人、男性が一万人と聞いて、どうも僕のほうが先に黄泉《よみ》の国に行きそうで、後のことがいろいろと思いやられる。

世代交代

七月に膀胱がんの手術で一週間ほど入院していた間、会社の仕事は全て娘夫婦に任せていた。よく頑張ってくれて、何のトラブルもなく、全てを適切に処理してあった。

僕としては、出社してもあまり口出しすることなく、来客の応対や見積書のチェックなど、補助的な機能に徹している。社員からの相談事、仕事の進行といった重要なことは、後任の赤塚（弘美）社長に持っていかせるようにして、指導力、コミュニケーション力、責任感などをつけてもらう方針をとっている。社員が一丸となって物事に対応できるように育ってほしい。

取引先からは、「赤塚社長」が指名で相談されるようになった。税理士、会計士との打ち合わせもやっているようだし、任せても心配なさそうだ。

会社の事業承継は実質軌道にのっている。僕の役目としては、幸子がこの後数年は施設での生活を継続できるように、金銭面その他の手配を考えればよいと思う。

幸子の保険金やその他の受取人も、全て娘の名前に指名したし、子どもは娘一人なので争いも生じないし、僕の遺産は黙っていても自動的に娘に渡るだろう。幸子が長生きしたとしてもそこから施設などの必要経費を支払えば、娘夫婦が露頭に迷うことはないはずだ。

先日、銀行を回り、幸子名義の口座を施設の自動支払いの口座に集約して、向こう十年くらいの支払いに対応できるようにはしておいた。その先は幾らになるか分からないが、僕の遺産から娘に支払ってもらうように手続きを依頼するしかない。

自分が一生の間に何を成し遂げたか、何を残せたのかがはっきりしないが、幾つかの製法特許と小さいながらもこの会社があることで、堅実に維持することができれば、娘夫婦も何とか生きていけるような気はしている。

新型コロナの関係で、他の会社は売り上げも例年の三〜五割で、中にはゼロだという声も聞く。幸いにも当社はそれほどの落ち込みもなく、稼働している。逆に注文が多く、納品が遅れてしまい怒られている品物もあるくらいだ。

試験管フラスコなどに使うキャップに「N－371－W」という名前を付けて、各器具に合うように二十種のサイズで設計し、販売している。この商品は、全く仕事のなかった数十年前に、僕が開発に打ち込んだ末にできあがった思い入れのあるものだ。

平日に仕事が終わった後や、それでも時間が足りずさらには土日・祝日も出社して、試作を繰り返した。少しでも良いものにしたいとの思いから、大学教授の研究所に持ち込み、テストをお願いしたこともあった。

自分なりに納得するものができたのは、開発を始めてから実に三百七十一回目の試作品でのことだった。

そうしたいきさつのある製品であったことから、真似されるわけにいかない。製法特許をとると作り方を開示する必要が出てくるので、あえてとらないことにした。取引先から要求されるままに、大きなものから小さなものまで各サイズ同じ材料で数種類の形状を作り、今では当社の主力製品に成長して会社を支えてくれている。

その他の取り扱い製品もそれなりに動いている。娘夫婦のやる気も十分なので、安心して全てを任せられそうだ。

幸子をはじめ、会社関係者の幸せな生活が続くことを心から願っている。

尽きない心配

コロナの関係でずっと面会に行けないので、せめて電話で声だけでもと思い施設に電話した。幸子は誰からの電話か分からなかったようで、施設の方から何度も「ご主人からよ」と言われ、やっと分かったようだった。

ただ、いつもと違って声に張りがなく、弱々しく元気がなかったので驚いた。「どうしたの」と聞くと、「生きていても仕方がないので早く死ね」と言われたのだそうで、誰から言われたのか聞いても答えない。

いろいろと話しているうちに元気が戻り、僕のことを毎日案じていることが分かった。

「食事はちゃんととっているの」「風邪は引いていないの」「会社は順調に継続し

ているの」……など。

「私も遊んでばかりいないで早く元気を取り戻して自宅に帰り、会社の事務を手伝うからね。それまで無理をしないで頑張って」

僕の身の回りのことのみを心配していた。きっとこの時は認知機能の回路が繋がり、一時的に正常な思考に戻ったのかもしれないが、常に自分のことより僕のこととか会社の先行きを考えているようで、萎縮した海馬でのそのような会話に、僕も頭の下がる思いがした。

しかし声に元気が戻ってくると、同じ内容の繰り返しになってきたので終わりにして、職員の方に電話を代わってもらった。

「『死ね』と言われたのは、誰からどんな時に言われたのですか。喧嘩《けんか》でもしたのでしょうか」と尋ねた。

すると、「昨夜、夢を見たようで朝からそのことで落ち込んでいました。亡くなられたお父様から夢の中で言われたそうですが、その前後の様子は分かりません。その一言だけが頭に残っていたようでしたが、この電話で元気を取り戻して顔つきもニコニコしています。回復したようです。有り難うございました」と逆にお礼を言われた。

幸子は認知症になってから、神通力を得たようで、もう何十年も前に亡くなった父親とか姉とも自由自在に会い、会話をして元気をもらっているようだ。母親を早くに亡くし、末っ子だったこともあって、特に父親からは可愛がられて姉に内緒でいろいろなものを買ってもらったと、よく自慢をしていた。

昨夜も夢の中に逃げ込み、会っていたところ、早く父親のもとに来るように言われたらしい。夢と現実の境目がなく、気になる一言だけが記憶に残っていたようだが、元気を取り戻したので今度夢で父親に会う時は楽しい会話をすることができるだろう。

電話を終えてから仏壇の幸子の父親に、手を合わせた。

「せっかく頑張っているのに、早く死ねとかそばに来いとか言わないでください。当分、迎えには来ないでください。夢で会った時も、昔の楽しい思い出、元気の出る話題にしてください。僕にとっても、まだまだ幸子の元気が必要なのですから」

祈りというか、文句というか、気は心で線香をあげてお願いをしておいた。ともかく施設の方たちは親身になっていろいろと相談にのってくれて、介護をしてくれている。今後も長く元気に過ごしてほしいと祈るばかりだ。

かなわぬ面会

十一月下旬になると新型コロナの感染者は東京だけで一日に五百六十人とか五百七十人とか、当分落ち着きそうにない。面会禁止も半年近くになるが、再開の見通しはついていない。一寸電話をしてみたところ、職員の方から「とても元気ですよ。今日のお昼はうな重でしたが、一人前をきれいに食べていましたよ」と言われ、「うなぎは以前から好きだったので喜んでいたでしょうね」と言っているうちに電話に幸子が出た。

話の内容はあまり的確ではなく、何となくちぐはぐで、元気か、とか食事はちゃんと食べているのか、とか同じことの繰り返しで内容のあるものではなかった。今困っていることとか、何か着るもので欲しいものはないか、寒くないかとか、いろいろ尋ねたが、まともな返事はなかった。

ただ救われたのは、以前なら帰りたいとか、もう体も治り元気になったので早く迎えに来てほしいとか、あれほど繰り返していた言葉が一言も出なくなったということだ。

すっかり諦めたのか、認知症が進み、自分の置かれている状況が理解できなくなったのか――。声は元気だったが、別の心配も発生した。やがて八十六歳。これも自然の流れなのかもしれない。

会えないならば、こちらの住所と名前を書いたハガキを五十枚くらい預けておいて、文通で慰めてやろうかと考えたこともあった。だが、高齢者ばかりを大勢預かっている施設では、一人も感染者を出すわけにはいかない。外からの郵便物などは、厳重警戒中の施設にとっては迷惑がかかり、了解されないのではないかと相談もできなかった。

それでも体調が良く、声にも張りがあるので安心した。

年末の片付け

いつの間にか令和二年も十二月。今年もあとひと月しかない。

そろそろ部屋の片付けもしなければと考えてはいるのだが、どうも足腰が痛み、動けない。部屋を見渡してみると、幸子の身の回りのものや手掛けたものがほとんどで、それぞれに思い出があり、なかなか手が出せないでいる。

今考えてみると、幸子は家庭の都合で大学には行けなかったようだが、基本的に頭が良く、行動力もあった。

「ここに棚が欲しい」「靴箱は移動させたい」と、年中模様替えをしたり、大工さんを呼んだりしていた。家庭内のことは全て任せていたので、僕はあまり口出しをしなかった。

会社の仕事もどこで学んだのか、経理の仕事、試算表、資金繰り、営業の助手と、多面にわたり引き受けてくれた。

長年連れ添ってきたが、大きな喧嘩をしたことはない。

ただ、幸子は短期的に物を見てやや直観的、僕は長期的に判断するタイプで、幸子の動物的直観で助けられたこともあれば、ちょっとした口喧嘩になることもあった。

たとえば社員を募集する時に面接の様子を隣の部屋で何となく聞いていて、

「今の方は無理」とか「今の方は良いのでは」などと、感想を言われてわずらわしく思うこともある反面、的確なことも多く、人選の際には参考になっていた。

部屋の整理をするつもりが、何かを見つけるたびにいろいろなことを思い出して、一向に進まない。両膝の痛みで立っていることも困難で、いつの間にか中止してしまい、自己嫌悪に陥ってしまった。

今は近くの接骨院で、週に何回かのマッサージをお願いしている。今ならば、幸子も施設にいるし、会社のことも娘夫婦がうまくやってくれているので、入院して人工関節の手術もできそうだ。

だが、膀胱がんのことが気がかりだ。以前は二年に一回だったのが、一年に一回、最近は半年に一回の手術が必要になってきている。その前後には、通院治療もある。自覚症状はなく、痛くも痒《かゆ》くもないが、なかなか無罪放免というわけにはいきそうもない。

もっとも新型コロナウイルスの感染拡大もひどくなる一方で、十二月二十九日に東京が八百六十九人、三十日には九百六十一人、三十一日には千三百五十三人と初めて千人を超え、小池都知事も政府も自宅での自粛を要請しているので、皆、故郷に迷惑をかけないためにも移動しないほうが良さそうだ。

僕も二十九日に幸子の見舞いとお歳暮を届けたいと思い訪ねてみたが、面会禁止なので玄関で手渡して状況を聞ける程度だった。

施設長さんが「とても元気で心配はありませんよ」と話してくれた。ちょうど往診中のようで、医師の車が駐車場に置いてある。以前なら中に入ることができたので診断の結果を聞けたが、今日はそれもできない。ただ、元気なことを確認して安心することはできた。

再びの正月

令和三年の正月がやってきた。

東京は曇り空だが、東北地方、新潟、中国地方の日本海側では、雪がひどいらしい。気の毒なことだ。車での帰省を考えていた方は、身動きがとれないことだろう。

数年前の正月に幸子が「田舎から人が多く訪ねて来るからあなたも手伝ってください」と言ってお餅を四十個も焼いて、本格的な疑問が始まり、専門医を訪ねたり各方面に相談したりして現在がある。

子どもが小さかったころの正月は車で伊豆方面に出かけたり、幸子と二人で明治神宮に初もうでに行ったりもした。最近は体力の衰えもあり、近くの氏神様にお詣りをして、父母の墓参りで谷中まで足をのばし、帰りにはどこかで昼食を済ませるというパターンが多かった。

それに僕の会社は十二月決算ということもあり、荷物の出入りがない休みの間に棚卸の資料を作ったりと、年末年始も結構忙しかった。

今年の正月は一人お雑煮を作り、面白くもないテレビを見ながら寂しく元日の朝食をとった。それでも翌二日には、娘夫婦と孫たちが夕食を兼ねてお年玉をもらいに来ることになっている。簡単に掃除だけでもと動いた。

元日に掃除機をかけたり洗濯したりする家庭は少ないと思うが、電話もなく、急ぎの仕事もないので入念にやってみた。一人暮らしで見た目は汚れていないように思っていたが、掃除機の中に綿埃が多くたまっていたのには驚いた。どこからこの埃は来るのだろうか。

娘は自分の家のことで忙しいので、出来合いのおせちを宅配便で送ってきてくれた。一応、気は遣っているようだった。

掃除はなかなかはかどらない。部屋を見渡すと、ほとんどが幸子のものばかり。いつ帰って来てもその日から生活ができるように、出て行った時のそのままの状態が保たれている。ただこの部屋に帰って来て、この寝室を使うことはもう二度とないと分かっているので何となく切ない。

幸子が元気な時は毎年十二月に襖と畳を張り替えていた。

家具を全て移動させて行うのだが、三階なので職人さんに苦労をかけたし、僕にとっても大変な作業だった。

畳屋から電話があった時、「今年は一人だし、張り替えなどしなくとも、正月はどこの家にも来るよ」と答えたが、今思えば襖だけでもやるべきだったかもしれない。

飼いネコのベルが元気だった時の、爪で引っ掻いた跡が無数についているからだ。爪とぎは別のところに置いてあったのだが、遊んだりいたずらをして襖に爪を立てているのを見て僕が怒ると、横っ飛びに逃げていく。知らん顔で無視していると、こちらの様子をうかがいながらもっと大きく引き裂いて逃げていく。

悪知恵の発達したいたずらネコであったが、亡くなって約半年、未だに時々、そのしぐさを思い出すことがある。幸子にはまだ亡くなったことは知らせていない。とても可愛がっていたので、落ち込ませて生きる気力、張り合いを失わせたくない。知らないほうが当人にとって幸せではないかと思っている。

幸子の着るもの、履くもの、貴金属等は広げて見ていないが、ふと本箱を開けてみて驚いた。

僕も読みたいと思っていた本や良い本、興味のある本がずらりと並んでいた。部屋は別だし、僕は一日のほとんどを下の事務所で過ごしている。上に上がると新聞とテレビしか見ず、会話は食事の時程度だったので、幸子の本当の姿を知らなかったのかもしれない。難しい本、ためになる本なども読んでいたようだ。今度は僕が読ませてもらおうと思う。当分退屈しそうにない。

毎日の食事については、いつ考え、いつ準備するのか、僕も一度も文句を言ったことがないし、飽きてもいなかったが、今考えると不思議だ。

当然のように感謝もせずに食していたが、何十年も続けることは大変なことだったと思う。台所には多くの食器、鍋、釜があり、僕にはとても使いこなせない。元気な時、ここにいた時、一度でもお礼の言葉を素直に伝えるべきだったのではないかと今にして悔やんでいる。もし今度、会うことができたとしても、認知症が進んでいるであろう現状では、どこまで僕の本気度が伝わるだろうか。

近くに多くの店があり、一人になってからも食べ物には不便しないが、弁当にもお店の食事にもすぐに飽きてしまう。惣菜だけを買って来ることもあったり、自炊もしたりと半々程度だが、それでも面倒になってくる。

それを長年、しかも事務の仕事もやりながら、嫌な顔もせずに健康のことを配慮しながらバランス良く続けてくれていたことに、どんなお礼をしたらよいのだろうか。

元気な時は、家庭内のことの全てを任せて、食事、洗濯、掃除の全てが当然の

ことと、水や空気を吸うごとく何の感謝もせずに、僕は仕事に打ち込んでいた。おかげで会社も軌道にのり、この未曾有の新型コロナウイルスの非常時でも何とか維持している。

弘美さん、仁美が受け継いでくれた今、よほどの失敗や危険を冒さない限り、経営は継続ができると思う。

二人の孫も年始の挨拶に来ると言っていたが、二人とも大学生になって背丈も僕を追い越し、幼いころのおんぶしてくれ、抱っこしてくれと泣きわめいていた面影はどこにもない。

今なら何でも可能な限り幸子の希望をかなえてあげたいと思っている。せめてグループホームで仲間と安心して楽しい時間を過ごしてほしい。コロナで会えなくとも、自転車でも行けるあの施設にいると思うだけでも心の支えになっていることを知っていてほしい。

幸子、長年どうもありがとう。

エピローグ

いつの間にか昭和、平成、令和と三代の元号を生き抜いてきた。この間多くの先輩、時には若年の後輩を見送ってきた。そのたびに人の世のはかなさ、さだめと無常を感じてきたが、いよいよそれが自分の身近に迫ってきている予感がする。

この足腰の痛みももう十年近くなる。幸子が家にいたころから、接骨院、外科、数十軒の医院を回ってきたが、明らかな実感を得られるほどの効果はなかった。手術をして人工関節にすれば歩けるようになると言われて心が動いたこともあった。しかし、リハビリテーションも入れて三カ月半の入院・通院が必要との条件から、仕事と幸子の面倒を見る必要もあって、当時は踏み切れなかった。

終焉のその後を記録するつもりで書いていたが、どうやらそれは幸いにももっと先のことであり、その前に僕のほうに終息が来そうだ。

僕が八十二歳、幸子が八十五歳と、二人とも日本人の平均寿命近く生きてきたのだから、もし何かあったとしても特別の後悔はない。

幸子も以前、「早くお迎えが来ないかな」と何度も口にしていたので、同じ気持ちだろう。

どちらが先かは別にして、やがては宇宙に還る二人だが、幸子という人間がこの世に存在し、僕と苦楽を共にして生きてきた証を何らかの形で残してあげたい、そして書くことによって、少しでも一人の生活の寂しさが減少すればと筆を執った。書いている間、幸子がいつもそばでのぞいているようで、孤独感は全くなかった。

顧みて、楽しいやりがいのある人生だったと満足している。

もう思い残すこともなく、それなりに二人とも幸せな人生に属する部類に入るのではないかと満足している。恐らく幸子も悔いることなく、幸せな人生であったと満足していることだろう。

もはや生きることに対しての執着はないが、この記録は幸子の思い出として、友人・知人の方に、幸子のことを記憶にとどめてもらうために、葬儀の香典返しの中にでも同封したい。

二〇二一年三月吉日

河内洋輔

わが身を捨て
夫のために尽くせし生涯を
何と謝すべきか

〈著者略歴〉
河内洋輔（かわうち　ようすけ）
昭和13年生まれ。岡山県出身。妻の幸子がアルツハイマー型認知症と診断され、献身的に介護するも症状が悪化。ついに自宅での生活が困難となり、令和元年12月にグループホームに入居することになる。数カ月後、新型コロナウイルス感染症の影響で面会できない日々が続くなか、「妻が懸命に生きてきた証を残してやりたい」との思いが湧き本書を執筆した。

君はもう帰ってこない
認知症になった妻へ送る片便り

令和３年４月１日　第１版第１刷発行

著　者　　河内洋輔

発　行　　株式会社ＰＨＰエディターズ・グループ
〒135-0061　東京都江東区豊洲5-6-52
☎03-6204-2931
http://www.peg.co.jp/

印　刷
製　本　　シナノ印刷株式会社

ISBN978-4-909417-70-1